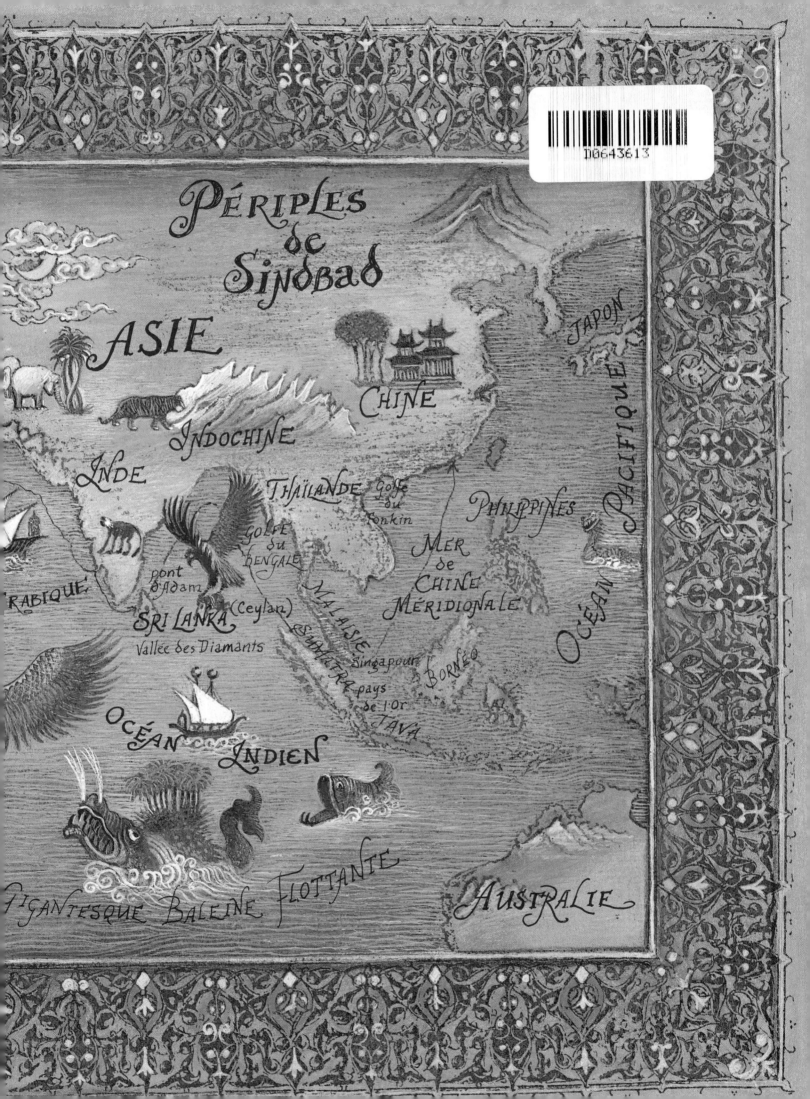

Sindbad

UN CONTE DES MILLE ET UNE NUITS

Sindbad

UN CONTE DES MILLE ET UNE NUITS

Raconté de nouveau et illustré
par Ludmila Zeman

Traduit par Suzanne Lévesque

Livres Toundra

Publié au Canada par Livres Toundra / *McClelland & Stewart Young Readers*, 481, avenue University, Toronto, Ontario M5G 2E9

Publié aux États-Unis par Tundra Books of Northern New York, Boîte postale 1030, Plattsburgh, New York 12901

Fiche du Library of Congress (Washington) : 98-61843

Données de catalogage avant publication (Canada)

Zeman, Ludmila

  [Sindbad. Français]

  Sindbad : un conte des Mille et une nuits

Traduction de : Sindbad : from the tales of The thousand and one nights.
ISBN 0-88776-480-0

I. Lévesque, Suzanne. I. Titre. II. Titre: Sindbad. Français.

PS8599.E492S5614 1999   jC813'.54   C98-932831-7
PZ24.I.Z45Si 1999

Nous remercions le Conseil des arts du Canada et le Conseil des arts de l'Ontario de l'aide accordée à notre programme de publication.

Nous reconnaissons l'aide financière du gouvernement du Canada par l'entremise du Programme d'aide au développement de l'industrie de l'édition pour nos activités d'édition.

Conception graphique : Sari Ginsberg

Imprimé à Hong Kong, en Chine

1 2 3 4 5 6   04 03 02 01 00 99

À mon père, Karel Zeman, aux côtés de qui j'ai travaillé à la réalisation du film Les Contes des Mille et Une Nuits, *en témoignage de mon amour et de ma gratitude. C'est son imagination et sa passion pour le conte qui m'ont inspiré ce livre.*

Il était une fois, il y a fort longtemps, un roi très cruel. Chaque nuit, il choisissait une nouvelle épouse et à l'aube, il ordonnait à son vizir de décapiter la pauvre femme. Un jour, Shéhérazade, une superbe jeune fille, lança fièrement : « Je mettrai fin au rituel sanguinaire du roi. » Elle se rendit au grand palais et se jeta aux pieds du monarque. « Prenez-moi pour épouse, sire ! » Séduit par sa beauté, il l'épousa le jour même.

À la tombée de la nuit, Shéhérazade interpella le roi : « N'allez pas vous coucher, sire, car j'ai une histoire à vous raconter. » Les rayons du soleil matinal caressaient déjà sa chevelure satinée qu'elle n'en était qu'à la moitié de son récit. Le roi leva la tête et marmonna : « Mes yeux sont fatigués, je dois dormir. Tu finiras ton histoire à mon réveil. »

Le roi dormit toute la journée. Le soir venu, Shéhérazade termina son histoire et en commença une autre, encore plus fascinante que la première. Et, comme la veille, elle n'avait pas fini son récit à l'aube.

Pendant mille et une nuits, Shéhérazade charma le monarque avec ses contes. Il en oublia son dessein cruel et ordonna à ses artisans de s'inspirer de ces histoires pour en faire de magnifiques tapisseries de soie multicolores. Leurs superbes motifs sertis de fils d'or devaient susciter une telle admiration dans le monde entier que les histoires ne seraient jamais oubliées.

Voici l'un de ces contes qui ont fasciné le roi; il devrait vous fasciner tout autant.

C'était une chaude journée d'été dans la ville de Bagdad. Sindbad le Portefaix croulait sous le poids d'un lourd fardeau lorsqu'il croisa un beau vieillard juché sur un confortable palanquin. Ses serviteurs agitaient de grands éventails et s'adressaient à leur maître en l'appelant Sindbad. Le pauvre portefaix le regarda d'un air accablé et murmura : « *Comment un homme qui porte le même nom que moi peut-il posséder tant de richesses et vivre dans un tel confort ? Quelle justice y a-t-il si un homme comme lui ne ressent jamais le lourd fardeau et les souffrances que j'endure ?* »

Il avait à peine terminé ses lamentations qu'un des serviteurs l'empoigna par le bras et lui chuchota à l'oreille : « Suis-moi jusqu'au palais de mon maître. Il te fait mander. »

Le portefaix essaya de fuir, redoutant le puissant Sindbad, mais il était trop tard.

Le portefaix fut conduit dans une somptueuse résidence, d'une splendeur exquise. « Assieds-toi, portefaix, et mange tout ce que tu veux », lui dit le vieil homme. « Je t'ai entendu te plaindre dehors, et tu as raison. N'est-il pas étrange que nous portions le même nom, alors que nos situations sont si différentes ? Mais pas autant que tu le crois, parce que moi aussi, j'ai connu la faim, la soif et de grands dangers. Je vais te raconter mon histoire.

Mon père était le commerçant le plus riche de Bagdad. Quand il mourut, il me laissa des richesses incalculables et d'immenses terres. Comme j'étais très jeune à l'époque, je menai une vie extravagante. Je mangeais et buvais de façon excessive et côtoyais des hommes dépensiers, croyant que je pourrais vivre ainsi éternellement.

Je vécus un bout de temps dans l'insouciance mais j'eus tôt fait de dilapider tous mes biens. Je perdis ma maison et, curieusement, tous mes amis si "chers" disparurent en même temps que ma fortune. Je fus hélas forcé de vendre tout ce que je possédais. C'est alors que je m'embarquai à bord d'un bateau qui descendait le fleuve vers Basra pour y prendre la mer.

Je n'étais plus rien qu'un pauvre marin sillonnant les mers à bord d'un navire marchand. En dépit de mon infortune, j'essayais d'apprendre les langues et les mœurs des pays étrangers où nous faisions escale. Très vite, je pris goût à cette vie d'aventure.

Un jour, après un long voyage en mer, nous accostâmes sur une petite île qui ressemblait au paradis terrestre.

Comme nous n'avions pas foulé le sol depuis plusieurs mois, dès que le capitaine eut fait sortir la planche, tous les commerçants se précipitèrent sur le rivage. Certains allumèrent des feux et préparèrent des mets élaborés. D'autres, aussi curieux que moi, partirent à la découverte de l'île.

Elle était parsemée d'énormes palmiers fléchissant sous le poids de fruits à l'écorce dure et boisée, qui renfermaient un liquide. Je décidai d'ouvrir un de ces fruits avec ma dague. La boule de bois se cassa en deux, et mon arme pénétra profondément dans la terre. À ma grande surprise, un immense jet de sang gicla dans les airs, et l'île se mit à se débattre comme si l'océan essayait de l'engouffrer de toutes ses forces. Le capitaine, qui était resté à bord du navire, s'écria avec épouvante : "Tout le monde à bord ! Sauve qui peut !"

L'endroit où nous avions accosté n'était pas une île, mais une gigantesque baleine dérivant sur les flots. Au fil du temps, le sable s'était agglutiné sur son dos, et les arbres s'étaient mis à y pousser. Le crépitement des feux et mon coup de sabre dans son flanc l'avaient réveillée. Furieuse, elle s'était mise à s'agiter brutalement.

Soudain, nous fûmes tous engloutis par d'immenses vagues. Je me débattais et haletais péniblement quand je vis un baril de bois, qui provenait du navire et flottait au-dessus de moi. Avec le peu de forces qu'il me restait, je nageai jusqu'au baril et m'y agrippai avec toute l'énergie du désespoir.

J'essayai de rattraper le navire en ramant avec mes mains, mais tout ce que je pus voir, c'était sa silhouette disparaissant à l'horizon. Une fois la nuit tombée, je me laissai dériver sur mon embarcation de fortune, résigné à mon sort tragique.

Plusieurs lunes passèrent avant que je n'aperçoive une île coiffée d'une montagne blanche et lisse. Secoué par des vents violents et meurtri par une pluie glaciale, je trouvai, grâce à ce nouvel espoir, assez d'énergie pour m'en approcher.

Dès que je touchai terre, je sombrai dans un sommeil langoureux. Le lendemain matin, je fus réveillé par le soleil, heureux que la mort m'ait épargné. Étendu, les yeux encore fermés, je sentis soudainement une ombre me couvrir d'un lourd manteau. En ouvrant les yeux, je figeai de peur. Un oiseau géant tournoyait au-dessus de l'île en serrant un bébé éléphant entre ses griffes. Ses ailes étaient tellement grandes qu'elles cachaient tout le soleil.

Tout à coup, je réalisai que la montagne était l'œuf de cet oiseau, qui avait fait son nid dans l'île. Il recouvrit l'œuf de son immense plumage et s'endormit. Je savais que cette créature géante devait être le Grand Roc. Une fois remis du choc, je conclus que le Grand Roc serait mon moyen d'évasion. L'endroit où il m'emmènerait, quel qu'il soit, serait mieux que cette île déserte !

Je déroulai le turban de ma tête, puis m'attachai fermement à l'un des talons du Grand Roc. J'attendis toute la nuit, si effrayé que je ne réussis pas à fermer l'œil. Ce n'est qu'à l'aube que l'oiseau me souleva dans le ciel.

Nous survolâmes l'océan, traversant d'épais brouillards et des nuages chargés de pluie, jusqu'à ce que le Grand Roc plonge dans une vallée d'une étendue et d'une profondeur démesurées. Dès que nous eûmes atterri, je détachai rapidement mon turban et me cachai derrière un gros rocher. Lorsque je levai les yeux, tout ce que je vis dans le clair de lune, c'était l'ombre du Grand Roc qui serrait un objet noir et visqueux entre ses griffes. Sa proie était un serpent d'une longueur inimaginable. L'oiseau géant disparut ensuite de ma vue et, épuisé, je sombrai dans un sommeil profond.

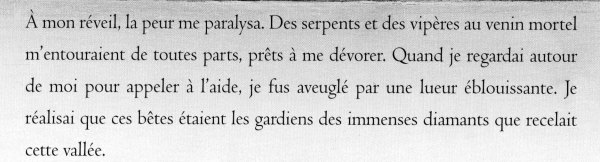

À mon réveil, la peur me paralysa. Des serpents et des vipères au venin mortel m'entouraient de toutes parts, prêts à me dévorer. Quand je regardai autour de moi pour appeler à l'aide, je fus aveuglé par une lueur éblouissante. Je réalisai que ces bêtes étaient les gardiens des immenses diamants que recelait cette vallée.

Soudain, je vis un morceau de viande crue dévaler vers moi, puis une volée de vautours affamés plonger pour s'en emparer. Les serpents s'enfuirent rapidement dans leur repaire, et je commençai à planifier mon évasion de cet endroit perfide.

Je me souvins alors d'une histoire que j'avais entendue dans une île où le navire marchand avait fait escale :

La vallée des Diamants est dominée par de hautes montagnes dentelées aux flancs abrupts. Des bêtes sauvages en gardent les entrées. Des hommes courageux, qui ont essayé d'y descendre, ne sont jamais revenus. Bien des gens pensent que la vallée est inaccessible, mais l'avidité de l'homme fait oublier la peur. Des commerçants rusés ont trouvé une façon de sortir les diamants de cet abîme. Ils lancent de la viande crue à partir des plus hautes falaises, de façon à ce que de gros diamants y adhèrent quand elle atterrit. Les vautours affamés, qui tournoient au-dessus de la vallée, plongent immédiatement pour ramasser la viande sertie de diamants et la rapportent à leur nid.

Je savais que les vautours étaient mon seul espoir d'échapper aux serpents et aux vipères au venin mortel. Il n'y avait qu'eux pour me hisser hors de la vallée ! Sans me soucier des dangers qui me guettaient, je me dis que je ne pourrais pas survivre une autre nuit à ces bêtes rampantes.

Je remplis mes poches d'immenses diamants et attendis qu'un autre morceau de viande crue tombe devant moi. En toute hâte, je m'attachai à la viande suintante et sentis qu'on me soulevait dans les airs. Le vautour prit lentement son envol en serrant sa proie. Je savais qu'une fois dans le nid, je serais incapable de fuir. L'oiseau sauvage me déchiquetterait avant que je ne puisse me détacher. Je priai pour qu'un miracle se produise et me sauve de cette fin horrible.

Tout à coup, le silence de la nuit se remplit de bruits de vaisselle, de casseroles et de sabres qui s'entrechoquaient. Effrayé, le vautour lâcha sa proie, et je me sentis tomber dans le vide. J'attendais la mort les yeux fermés, quand ma chute fut interrompue brusquement par une branche d'arbre. En ouvrant les yeux, je vis plusieurs commerçants qui me regardaient avec effroi. Ils s'attendaient à trouver des diamants collés au morceau de viande, mais pas un homme vivant, couvert de sang.

D'une main tremblante, je tendis les diamants que j'avais ramassés. Leur éclat miroitant causa un émoi immédiat. Mes diamants étaient beaucoup plus gros que ceux qui adhéraient habituellement à la viande crue. Les commerçants furent ravis que je leur propose les diamants en échange d'une place à bord de leur navire. Je repris la mer en espérant que mon destin me ramènerait un jour à Bagdad. »

Sindbad se pencha vers le portefaix et lui dit : « À ce moment-là, je n'avais aucune idée des autres aventures incroyables qui m'attendaient. Mais je dois me reposer maintenant, mon ami. Reviens demain, et je te raconterai les souffrances que j'ai endurées durant mon second voyage. »

Un mot de l'auteure

Les histoires que Shéhérazade a racontées au roi Chãhriyãr pendant mille et une nuits ont un passé lointain et obscur. Autant leur auteur que leur date d'origine sont incertains, puisque ces histoires ont été transmises oralement et compilées au fil de plusieurs siècles. Leur première mention remonte au neuvième siècle et renvoie à une collection de contes persans. D'autres récits populaires d'influences arabe, indienne et européenne s'y sont ensuite greffés pour constituer ce qu'on appelle aujourd'hui les contes des *Mille et Une Nuits* ou les *Nuits arabes*.

Les contes les plus connus sont sans contredit ceux qui relatent les aventures de Sindbad le Marin. Comptant parmi les histoires de navigation les plus fascinantes du monde, ils sont maintenant des classiques de la littérature d'exploration. Sindbad est devenu une référence historique importante, parce que ses périples retracent les véritables voyages des explorateurs arabes. Sept siècles avant Christophe Colomb, les Arabes, qui étaient des marins remarquables, ont découvert la route de la Chine, dans leur quête des richesses de l'Orient. Leur trajet ressemble à celui suivi par Sindbad. Navigant sur le golfe Arabique, ils ont contourné l'Inde et le Sri Lanka. Les aventures de Sindbad nous mènent dans la vallée des Diamants, qui pourrait bien être l'île du Sri Lanka, réputée pour sa multitude de pierres précieuses, dont les rubis, les saphirs bleus et les topazes. Plus tard, Sindbad est capturé par des créatures quasi humaines — s'agissait-il des orangs-outans que les marins arabes furent les premiers à apercevoir à Sumatra ?

Puisant mon inspiration aussi bien dans l'histoire que dans les légendes, j'ai tracé un portait en images de Sindbad le Marin. En tant qu'artiste, je voulais souligner l'influence persane dans l'illustration de livres, la calligraphie, la mise en page, l'enluminure et l'ornement de bordures. Illustré à la façon d'un manuscrit persan, ce livre rappelle les motifs et la tonalité des magnifiques tapis persans. Pour reproduire leur style, j'ai étudié les miniatures persanes, les tapis orientaux, les manuscrits illustrés et les peintures issues de pays islamiques, qui étaient exposés dans divers musées londoniens, parisiens, new-yorkais et berlinois.

Bien que mon objectif premier ait été de donner le goût de l'histoire, de la géographie et des cultures orientales aux enfants, j'ai toutefois réalisé que les contes des *Mille et Une Nuits* véhiculaient un message encore plus important. Le thème sous-jacent à toutes ces histoires est un hommage aux écrivains et aux conteurs. L'éloquence et l'art d'agencer les mots étaient des talents très prisés, qui étaient essentiels pour se hisser dans l'échelle sociale. Après tout, c'est grâce à ses connaissances et à sa ruse que Shéhérazade a réussi à séduire et, en fin de compte, à vaincre le cruel roi Chãhriyãr.